니나의 마법서랍

니나의 마법서랍

1

비아북
ViaBook Publisher

저는 아주 오래전, 우연히 도박의 비밀을 듣고 말았습니다. 슬롯머신 판매직원이 말하는 '기계의 필승 원리'와 불법 게임장 운영자가 말하는 '당첨자 조작법'이었는데, 중독자의 이야기도 아니고 중독을 만들어내는 사람의 이야기를 우연히 두 번이나 듣게 되다니 참 신기한 경험이다 싶었지요.

그 뒤로 오랜 세월이 흘러 전 만화가가 되었고, 『가담항설』이라는 만화를 완결한 뒤 태블릿PC를 하나 사게 됩니다. 그리고 바로 그 태블릿PC가 제게 이 만화를 그리게 만들었죠. 새로 산 태블릿PC에는 고유의 전화번호가 있었는데, 그 번호의 이전 주인이 (아마도) 심한 도박중독자였던 것입니다. 끝없이 날아오는 불법 광고와 영업 문자, 전 주인을 찾는 수많은 전화를 전부 차단하면서, 과거에 제가 도박의 비밀을 듣게 된 건 우연이 아니었을지도 모른다는 생각이 들었습니다. 이런 비밀을 우연히 들을 수 있을까? 그것도 두 번이나? 내가 이 번호를 갖게 된 건? 내가 마침 만화가가 된 건? 그래서 저는 '중독'에 관한 만화를 그리기로 했습니다.

단순히 도박에 한정된 게 아닌 '중독' 그 자체를 다루려고 마음먹은 이유는, 현시대를 살아가는 수많은 사람이 크든 작든, 심각하든 가볍든, 의식하든 못 하든, 무언가에 중독되어 있기 때문입니다. 아마 대부분의 현대인은 핸드

폰에 중독되어 있을 거라 생각합니다. 마약이나 도박, 알코올중독자는 자신과 다른 세계의 사람이라고 생각하면서 말이죠. 물론 전자와 후자는 중독의 강도나 위험성이 다르지만, 결국 자신의 진짜 인생을 빼앗기고 있다는 점에선 치명적인 공통점이 있다는 생각이 드는 것입니다. 그래서 이 만화를 통해 독자분들께서 '중독'에 관해서만큼은 반사적인 불쾌감을 체득하시길 바랐습니다.

영화 「죠스」를 보고 나면 상어가 10배는 더 무서워지듯이 이 만화를 보시고 '중독'이 조금은 더 무서워지셨기를, 또 이 작품에서는 중독을 어떻게 이겨낼 것인지도 함께 이야기하고 있으니 어려울지언정 불가능한 게 아니라는 희망과 용기 또한 얻으셨기를 바랍니다. 감사합니다.

여러분 왕 사랑!
우리 존재 파이팅!!!

랑또 드림

1권

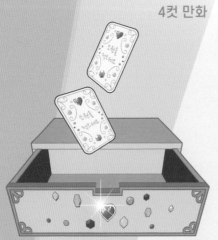

1

소원을 적으세요

좋아,
아무도
못 봤겠지?

내가
집 앞 골목에서

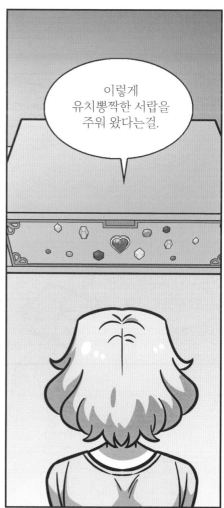

이렇게
유치뽕짝한 서랍을
주워 왔다는걸.

부모님 도움 없이,

쥐꼬리만 한 아르바이트비로

서울에서 자취하려면 어쩔 수 없다고.

버린 것치고는 새것같이 깨끗하고

크기도 넉넉하잖아?

길에서 함부로 물건 줍는 거 아니라지만,

이 디자인을 보면 귀신도 부끄러워서 안 붙었을 거야.

아무튼 앞으로 집에 아무도 안 부르면 돼.

어차피 올 사람도 없고~ 하하하~

드르륵-

그럼 일단
안쪽도 청소를-

… 응?

이게 뭐야?

웬 유치한
카드가
세트로…

… 소원을
적으세요?

소원?

소원을
적으라고?

잘생기고
능력 있는 남친
생기게 해주

삑-

삑삑-

좋~아.
이 정도면 뭐,
감사 땡큐지.

딸깍-

그럼
잘 부탁합니당~

휘익-

한 개라도
이뤄주쎄용~

파아아앗-

!!!

휙-

그럼 일단
양말이랑 속옷부터
갖다 넣어야-

어어어엉…?!

이… 이게…

이게…
대체 뭐-

야아악!!!

슈와악-

탁!

니나 씨!
지금 업무시간에
뭐 하시는 겁니까!

잠깐
회의실로
따라오세요.

에에엥?!!

회의실

니나 씨.

아직 입사 초라
어색한 건
이해하지만-

아니
이게 대체 뭐야!
여긴 어디야?

지금 이게
무슨 상황이야?

회사에선
일에 집중해
주십시오.

앗! 네, 네!

아무리-

우리가 사귀는 사이라고 해도 말입니다.

예에에엑?!!

방금 무섭게 불러낸 건 미안합니다.

다른 직원들 눈도 있고 해서…

자… 잠깐… 이거… 설마…

그래도 제가 팀장인데-

설마… 진짜 50만 원도 생긴 건가?

응? 50만 원이라면-

어제 받은 보너스 50만 원을 말하는 겁니까?

으아아아악-!!
진짜 통장에 50만 원
입금됐잖아?!!

그래요.

오늘 그걸로
월세 낼 거라고
했잖아요.

이 천재일우의
기회를 겨우 이딴 일에
다 써버렸어~!!!

50대도 아니고
50만 원에~!!

이술썹쪼로
겨우 50만 원
달라는 소원을
빌 거라고~~!!

끼아아악~

니… 니나 씨!
왜 그래요?!

이… 이…
바보!!!

이 바보
멍청이!!!

저… 저… 저…
잠깐 밖에 바람
좀 쐬러…

그…
그래요…

21

회사 바깥에
아무것도 없어…?

따앙-

웬 이상한
세상이…

이 세상에
달랑 이 회사
하나뿐?!

흐어엉??

설마… 여기… 여긴… 설마…

그… 그… 그…

그 서랍 속인가…?

으아아악~ 살려줘~ 꺼내줘~ 사람 살려~

띠옹!

띠옹!

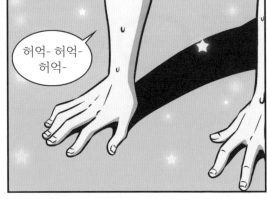

허억- 허억- 허억-

가… 갇혔어…

헉-

헉-

헉-

못 나가…!! 나갈 수가 없어!

서… 설마 그럼 평생 여기서 일만 해야 하는 거야?

취업이 소원이라고 썼으니까?!

시… 싫어…!! 싫어!! 안 돼!!

이건 소원성취가 아니라 징역살이라고!!!

회사를 그만두겠다니.

죄… 죄송합니다…

뭐, 하지만-

니나 씨의 뜻이 그렇다면 어쩔 수가 없죠.

알겠습니다.

어? 퇴직해도 괜찮은 건가? 이렇게 쉽게-

지금 바로 퇴직 처리 하겠습니다.

아, 감사합니…!!

카드?!

카드가 돌아왔어!!!

오, 갓!!! 하나님 부처님 감사합니다!!!

펜펜펜펜!!! 빨리빨리빨리!!!

펜?! 펜이요?!

잠깐…

해…?

아침…?!

아침이라고?

분명 어제
서랍을 주워서
들어온 시간이
밤 11시였는데,

지금은
아침 8시?!

서랍 속에선 겨우
네댓 시간쯤 있었던 것
같은데…!!

시간이
두 배로
지나갔어?!

…

슬금- 슬금-

빼꼼-

카드 3장 다
다시 생겼는데…

꺼…
꺼내볼까?

이야아압!!!

휙-

덥석-

아, 카드 꺼내는 거
무서웠다.

하아-

하아-

다행히
별일은 없군…

근데 뭘 적지? 100억만 달라고 써볼까?

100억만… 주세요…

삑삑삑- 삑삑삑-

팔랑-

그리고 카드를 서랍에 넣었었지…?

파아앗-!!!

으악!!

우와…

우와아아…!!!

슬쩍-

피잉-

이게… 진짜… 현실이라고…?

어어…

헐!!

지… 진짜…?!
진짜 100억?!!

너무 많아서
모르겠지만,

대충
그런 거 같아!!!

꺄아아악~!!
100억이다~!!!

대박~!!!
이게 무슨 일이야~!!!
내 맘대로 써야지~!!

돈만
만들고

돈 쓸 곳을
안 만들었어…!

흑흑—

… 쓸 곳이 없다.

훗—

그렇지만…

아직 카드는
2장 더 있으니까,

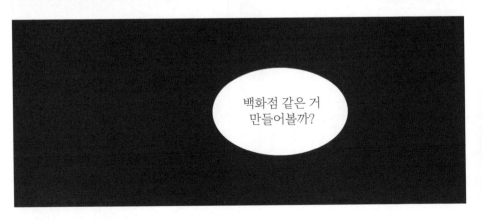

백화점 같은 거
만들어볼까?

너~~무 행복해!!!

살면서 이렇게 원 없이 쇼핑해본 건 처음이야!!!

그동안 꿈도 못 꿨던 이 가방! 이 구두! 이 코트!

얼른 가서 다 입어봐야지~!

룰루~

RAVER DEPARTMENT STORE

갈 데가 없네…

이걸 들고 돌아갈 곳이 없어…

남은 카드는
한 장인데,

이건 돌아갈 때
써야 해.

그때
분명히…

취업을
수원이라고
적었는데,

퇴직했더니
카드가 다시 새로
생겼지…?

그럼 소원을 끝내면
카드가 다시 돌아올 수도
있다는 건네…

근데
백화점이랑 100억을
어떻게 끝내?!

백화점을
부술 수도 없고,

100억을
다 쓸 수도 없고…!!

하아…
모르겠다.

일단 그냥
나가자…

와…
진짜 돌아왔어…
기분 되게 이상하다…

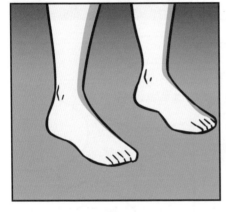

으악?!
7시 47분?!!

안 돼!! 오늘부터
알바 8시 타임인데!

07:47

지금 저 서랍이
문제가 아냐!

나 이거 잘리면
큰일 나!!

허둥-

지둥-

그래도 간신히
늦지는 않겠…

저기요…!!
저기요!!

멈칫!

… 네?

저… 혹시…
이 근처에서…

서랍 하나
못 봤어요?

네? 네…?

서랍이요?

어… 어떤
서랍이요?

분홍색에…

가짜 큐빅들이
잔뜩 붙어있는…

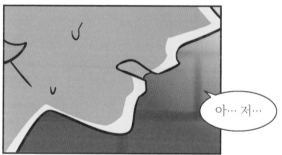

전… 이만…
바빠서…

저기요!
저기요!!

멈칫!!

혹시…

그 서랍 찾거나…
가져간 사람
본 적 있으면…

꼭 좀
알려줄래요…?

저…
그 서랍 없으면
죽어요…

아…

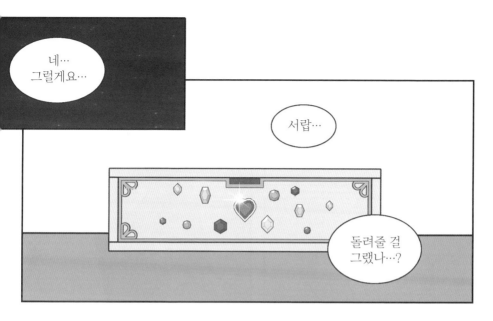

네…
그럴게요…

서랍…

돌려줄 걸
그랬나…?

막상 어제
아르바이트 끝나고
마주칠까 봐

다른 길로
빙 돌아와놓고…

아씨…
그냥 돌려주자.

그런 여자랑
괜히 얽히기도
싫고…

그리고 무엇보다-

아, 그냥 밤늦게 몰래 버리고 오자.

그때 왜 거짓말했냐고 하면 할 말도 없고…

이 서랍 뭔가 이상하잖아.

그렇게 애타게 찾는 서랍이면 알아서 찾아가겠지.

… 마지막으로 한 번만 더 들어가볼까?

쏴아아-

철썩-

철썩-

와아아~!!
너무 좋다~!!

이 아름다운 바다를
독차지할 수
있다니…!!

꺄아아-

첨벙-

꺄아악~!!
신나!!

첨벙-

꺄아아악~!!
신난다~!!

첨벙-

첨벙-

쨍-

아… 좋긴 좋은데,
그래도 역시 혼자는
좀 심심하네.

철썩-

철썩-

오예에에~~!!!

헐?!!
영화배우 이성빈
불러와볼까?!!

!!

까야악~

왜 그 생각을
못 했지?

나 정말
팬인데!!!

…?????

뭐… 뭐야?
내가 왜 갑자기
여기에…!!

성빈 씨…
저 진짜 팬이에요.

진짜 너무너무
잘생기셨다~!!!

아, 예예~

두리반~

두리반~

뭐야, 이거.
여기 어딘데!

저리
안 꺼져?!!!

아끼부터 뭔데
아는 척이야?!

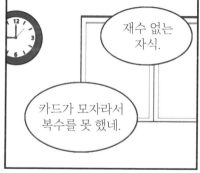

재수 없는
자식.

카드가 모자라서
복수를 못 했네.

두고 봐라.
다시 들어가서
복수해주마.

너 딱 기다려!

배우 이성빈이
날 미친 듯이 사랑하게
해주세요.

니나야…!!

니나야, 내가 잘못했어!

내가 아깐 미쳤었나 봐.

제발 나 버리지 마.

나, 너 없으면 죽어.

사랑해 니나야!

방금 나한테 그렇게 쌀쌀맞게 굴어놓고…

히! 하! 참!

니나야 미안해. 내가 잘못했어. 용서해줘.

내가 이렇게 무릎 꿇고 빌게.

제발…

뭐… 네가 그렇게까지 말한다면…

너무 잘생겨서 화가 금방 풀리네…

니나야, 넌 천사야.

앞으로 뭐든 네가 시키는 대로 다 할게.

뭐든지 말해. 뭐 하고 싶어?

차 마실까? 걸을까?

널 위해서라면 난 죽어도 좋아.

어머, 어쩜 그런 말을 잘도 해~?

난 몰라~

멋진 레스토랑에서 저녁 식사

음~ 그럼 일단 우리

근사한 곳에서 밥이라도 먹을까?

평소라면
비싸서 꿈도 못 꿀
이런 고급 레스토랑을
오게 되다니!

꺄아~

게다가 이렇게 멋진
최고의 톱스타랑!

단둘이!

앙~

자기야,
내가 다 잘라서
먹여줄게.

자기는 손도
까딱하지 마.

아~!!!!
너무너무 행복해~!!

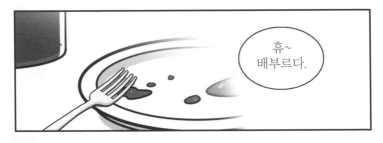

휴~
배부르다.

너무
맛있었어.

잘 먹었니?

그럼 우리
이만 나갈까?

그래. 좋아.

음... 그래.
맞아!

레스토랑 밖엔
아무것도 없지.

우리 뭐 할까,
니나야?

커피라도
한잔 마실래?

커피?

커피를 마시려면
커피숍에 가야
하는데?

응. 가자!

그럼... 잠깐
기다려봐.

나 잠깐
나갔다 올게.

나간다고?
어딜?

어휴. 어쩜 그 얼굴로 그런 말을…

그렇지만 갈 곳이 없으니까 조금만 기다려.

내가 금방 커피숍 만들어서 돌아갈게~

삐빅-
삐빅-

이렇게 같이 커피 마시니까 너무 좋다.

난 너랑 있어서 좋아~

밥 먹고 차 마셨으면 영화관이지~

단둘이 영화관을 전세 낼 수 있다니.

난 너밖에 안 보여~

난 옛날부터 놀이공원 데이트를 하고 싶었어.

우리 저거 탈까?

네가 원하는 건 뭐든지 다 좋아.

아~~~ 너무 행복해.

내가 원하는 건 뭐든지 할 수 있잖아?

어쩜 이런 신기한 서랍이 다 있지?

난 정말 행운아야!

내가 그동안 힘들게 살아온 복을 받는 걸 거야!

… 근데…

지금 바깥은 몇 시지…?

지이이잉-

지이이잉-

20:17

부재중 전화 8통

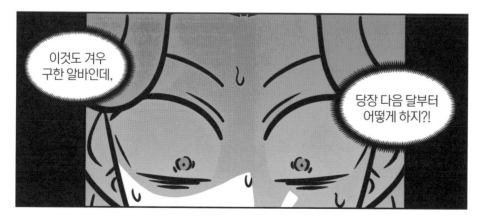

아이씨…
부모님한테 몇 달만
도와달라고 해?

안 돼, 안 돼!

서울 가서
취직하겠다고
큰소리 떵떵 쳐놨는데

그게 무슨
개망신이야.

괜히 말했다간
서울살이 정리하고
내려오라고 할걸?

이… 이게 다
저 서랍 때문이야!!!

역시 저런 이상한 서랍을
주워 오는 게 아니었어!

당장
갖다 버리자!!

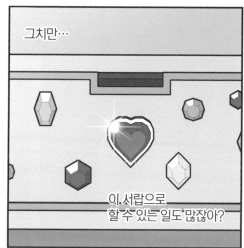

그치만…

…

이 서랍으로
할 수 있는 일도 많잖아?

서랍 속에선
시간이 두 배나 빨리
흐르긴 해도…

아냐! 아냐!

현실에서
변하는 거 하나
없잖아!

절레-

절레-

아니, 덕분에
알바까지 잘렸지!!

내일 낮에
당장 갖다 버리고,
일자리나 구하자!!

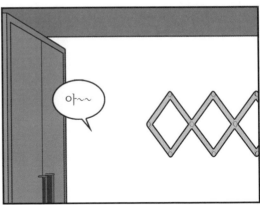

아~~

왜 아무 데서도
연락이 안 와~

하루 종일
이력서 몇 통을
넣었는데~

제발
아무나 연락 좀
주세요~

진짜 열심히
할게요.

따리리리리리~

!!!

됐다! 됐어! 면접이 잡혔어!! 꺄아아악!!!

탕!
탕!
탕!
탕!

나 여기 꼭 들어가야 해!!

별떡-

해내자 이나나! 할 수 있어!!

어? 잠깐. 근데 아까…

회사 이름이 분명…

멈칫-

드림컴퍼니라고 했지…?

그 회사…

물어보면
되잖아.

서랍 속의 내가
그 회사 면접을
통과했으니까.

그래!

다시
서랍 속으로
들어가서

내 남자
친구라던
팀장한테

어떻게
합격했는지
물어보면 되지!

네? 네…?

아니… 그냥… 가방이 커서… 궁금해서…

뭐 좋은 거 들었나 봐~

아… 이거 분리수거 쓰레기예요.

안 버린 지 오래돼서 엄청 쌓였네요.

아… 진짜? 뭐가 그렇게 많이 쌓였어요?

한번 보고 싶다.

네?! 하하하.

에이~ 이거 쓰레기라 더러워요.

쓰레기를 뭐 하러 봐요.

양이
그렇게 많으면
무겁겠다~

내가 좀
도와줘야지.

네? 아뇨!
괜찮아요!

제 쓰레기니까
제가 들어야죠.

저기…
나…

아…
정말요…?

구청 같은 데서
폐기물로 수거한 거
아닐까요?

전에 그 서랍
아직 못 찾았어요.

누가
가져갔나 봐.
흐흐흐.

그거 엄청
촌스럽게 생긴
서랍인데…

근데도
누가 주워 갔는지…
없어졌어…

아니래.
내가 다 찾아가서
물어봤는데…

그런 거
수거한 적 없대…

어떤 새끼가
가져갔는지는
몰라도-

죽여버리고
싶다.

ㅎㅎㅎ—

진짜로…
죽여버려…
XXX.

…

낮엔
좀 잤어…

마음 같아선
하루 종일 서랍만
찾고 싶은데…

저벅—

저벅—

잠을
자야 되잖아…
사람은…

잠도 자고…
밥도 먹어야 되고…
그래야 되니까…

저… 그냥
비슷한 걸로 하나
새로 사시면
어때요?

그게…
내 남자친구
유품이라서…

!!

죽었으니까
전 남자친구인가…?
흐흐흐흐.

들썩-

들썩-

내가…
남자친구 죽고…
너무 맘이 힘들어서…
일을 못 했어…

너도
생각해봐.

남친이 갑자기
사고로 죽었는데,
일을 어떻게 해.

나 가족도
없거든…

아무튼
그래서…

나 완전
거지 돼가지고…

여인숙에서도
쫓겨나서 길에서
지냈다?

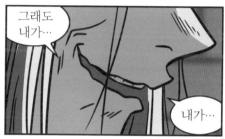

그래도
내가…

내가…

그 서랍
하나만큼은 절대
안 팔았는데…

빠ㅏ드득-

근데 씨X.
어떤… 씨…

X 같은
자식이…

잠깐
화장실 다녀온
사이에… 그걸
훔쳐 갔네?

어때?
죽여버리고
싶지?

아… 하하…
네에…

아씨,
어떡하지…?

그냥 서랍
내가 가지고 있다고
솔직하게 얘기해?

하지만 이미
그럴 분위기도
아니고…

저벅─

아… 왜
계속 따라와…

저벅─

게다가…

나도 취직하려면
서랍이 꼭 필요해…!

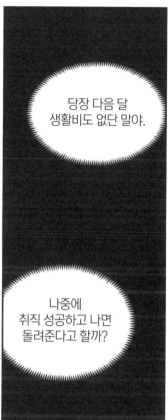

당장 다음 달
생활비도 없단 말야.

나중에
취직 성공하고 나면
돌려준다고 할까?

야.

2

만약 서랍이 맞다면

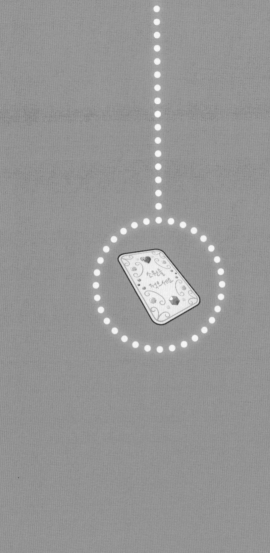

꺄악!!!!!

쿵!!!

와르르—

언니,
미안해…

아, 어떡해…
미안해…

와르륵—

지끈

허걱

어…?

어…!

미안해…
미안해…

내가…
내가… 정신이…
아파서…

미안해,
언니…

미안해…

미안해…
미안해…

괘… 괜찮아요…
괜찮아요…

으아아~

와 씨…

진짜
서랍 들고 올 때
걸렸으면
어쩔 뻔했어…?

빨리 가져와서
망정이지…

이젠 그 여자
무서워서

버리고 싶어도
못 버리겠네.

후아~

헐? 지금 벌써
밤 10시야?

빨리
들어가야지.

성빈이 보고 오니까 좀 심심한데…?

훗~

흐음~

…

서한네 물어볼 게 있다고 하지 않았습니까.

질문이 뭡니까?

아, 그게 저기―

제가 여기 어떻게 입사했죠?

… 네?

갑자기 그게 무슨 질문입니까.

89

아니, 그러니까 제가 이 회사 면접을

어떻게 통과했는지 좀 알려주세요.

무슨 질문을 했고,

제가 어떻게 대답을 했는지-

니나 씨!

지금 그런 걸 물어보려고 퇴근 시간에 붙잡은 겁니까?

엥?

좀 알려줘, 자기야~!

!!!!

문질~

문질~

으휴~ 증말!

보는 사람도 없는데 왜 이렇게 쌀쌀맞아~

내가 왜 니나 씨 자기입니까!!!!

니나 씨, 지금 제정신이에요?!

회의실

헉! 맞다! 내 남친 아니지?!!

잠깐, 잠깐, 잠깐!!

잠깐 기다려요!!

나 펜 좀 줘봐요!!

뭐 하는 겁니까?!

갑자기 종이에 글은 왜 써요?!!

기다려요! 이제부터 우리 사귈 거야!

니나 씨 얘기는-

그러니까 지금

니나 씨가 이 회사 면접을 어떻게 봤는지 궁금하다는 거죠?

당연히 제가 알려줘야죠.

뭐든지 물어봐요. 전부 말해줄게요.

… 그러니까.

그때 그 질문에 제가 정말 그렇게 말했다구요?

그래요. 니나 씨가 그렇게 대답했어요.

내… 내가 그렇게 횡설수설 말도 안 되는 소리를 했다니 !!

내가 그럴 줄 알았어!!!

으아아~

못 살아~

근데 대체 어떻게 뽑힌 거지?

아…

왜 그런
말도 안 되는 소릴 한
저를 뽑은 거예요?

아…

그게 사실…

니나 씨한테는
말 안 했지만-

니나 씨는 그때
그 면접에서
탈락했었어요.

그런데, 그때
확정된 지원자가
갑자기 병이 나서…

여차저차
니나 씨한테
연락이 간 겁니다.

···뭐··· 뭐야···

무뚝뚝한 성격
같았는데,

막상 사귀면
다정한 타입이네?

더 궁금한 거
없어요?

네?

뭐든지
물어봐요,
니나 씨.

아··· 저기···
그럼··· 어~~

그때-

합격했던 사람이 뭐라고 대답했는지 알려줄까요?

헐?! 네!!

맞아! 그거야!!

!!

별떡-

알고 싶어요! 말해줘요!

그때 그 사람은-

··· 라고 대답했어요.

오~ 그렇군요!

좋은 대답이다! 좋았어!

초롱-

초롱-

나도 내일 면접에서 이렇게-

··· 아···! 근데···

내가 이걸 베껴서 대답하면 그 사람은···

아냐, 어차피
아프댔잖아!

결국 그렇게
입사를 취소할 거면-

그냥 내가 단번에
들어가는 게 낫지.

난 취직이
급하다고…

그게 보기에도
더 낫고.

회사도 두 번
손 안 가잖아.

그러니까 그냥 내가…

니나 씨.

네?!

만약에-

제가 그 질문을
받았었다면,

저는 이렇게
대답했을 거예요.

아…

이 사람…

정말 좋은 사람이다…

좋아.

팀장한테 면접 팁은
전부 들었으니까—

내일 실수만
안 하면 돼.

그러니까
빨리 자자.

벌써 3시도
넘었어.

··· 면접 얘기만 듣고 바로 나왔으면 되는데!

번쩍—

괜히 팀장이랑 잡담하느라 시간 엄청 썼네!

별 중요한 얘기도 아닌데···

아~ 시간 아까워!

···

아, 근데 왜 잠이 안 와!!!

번쩍!!

내일이 면접이라
긴장돼서 그러나?

음. 그래. 그거야.
정답! 문제 해결!

이제 빨리 자자!

...

대체 왜 그렇게
수다를 떤 거냐고!!!

번쩍!!

네, 맞아요.
'진'씨.

그래서 딸이었으면
'진달래'라고 지으려고
하셨대요.

외아들에
'진현재'라
다행이죠.

이름이 '진현재'라고
했지…?

내일
그 회사에
가면…

정말 진현재 씨가
있는 걸까…?

이니나 씨,
들어오세요.

네!

아… 떨린다…

괜찮아, 니나야.
떨 필요 없어.

넌 이미 답을
알고 있잖아.

근데…

정말
현재 씨가 말해준
질문들이 나올까?

혹시 완전히 다르면
어떻게 하지?

난 아무 준비도
못 했는데?

삐걱-

삐걱-

냉정히
생각해보면—

서랍은 서랍이고, 현실은 현실이잖아?!

애초에 왜 내가 서랍 속 얘기를 철석같이 믿고 있는 거지?!

이니나 씨?

네!

너무 긴장하지 마세요.

네?! 네! 네!!

저기요!
저기요!!

네?

제가 정말
걱정돼서
그러는데요-

위가 안 좋아 보이니까,
병원 가서 꼭 한번
검사 받아보세요.

네…?!

꼭이요~~!!
꼭~!!!

…

됐다!!

됐어!!

살면서 이렇게-

면접을 완벽하게 본 건 처음이야!!!

똑같았어!! 상황도, 질문도,

모든 게―

서랍이랑 완전히 똑같아!!!

지… 지…
진현재 씨?!!!!

오늘은 입사
첫날이니까-

아… 이게
진현재 씨라고?!!

대체 몰골이
왜 이래?!

저 초췌한 얼굴하며-

후줄근한 옷차림하며-

서랍 속의
현재 씨랑은
너무 다르잖아!!

…시면
됩니다.

…

아시겠습니까?

네? 네?!

아, 죄송합니다.
잘 못 들…

니나 씨.

전 같은 말
두 번 하는 거
싫어합니다.

한 번 말한 내용은
두 번 다시 질문하지
마세요.

··· 네에···
알겠습니다···

니나 씨 자리는
저쪽 끝이니까 가서
업무 준비하세요.

네···

드르륵~

···

성격은 또
왜 이래~~!!!!

이거 완전
미친놈 아냐?!!!

신입한테
두 번 대답하기 싫으니까
질문하지 말라고?!

그러다가 내가
사고 치면 어쩔 건데?!

서랍 속에선
다정했잖아…!

서랍 속에선
멋있었잖아…!!

나랑 대화하는 게
너무 행복하다고
말했었잖아!!

근데 대체… 왜…!!

왜 저런 게…

왜 저딴 인간이-

진짜
진현재냐고!!!!

내가-

회사에
진짜 진현재 씨가
있었던 것보다,

그런 인간이
진현재라는 거에 더
놀라게 될 줄이야…

서랍 속
진현재랑은 완전
180도 다르잖아.

면접 내용은
서랍이랑
똑같았으면서,
왜 이러는 거야~

서랍이 현실이랑
100% 똑같은 건
아닌 건가?

아이씨,
그럼 안 되는데…!
아, 어떻게 해~!

면접 보고
나서,

꺄아-!
이건 100%
합격이야!!

복권판매점

복권명당   Lootto

복권판매점
123회 1등 당첨!
2등 18번 당첨!

저 서랍만 믿고-

나 이거 망하면
다음 주부터 맨밥만 먹고
살아야 돼!!

11-222-33-4444

잔액
130,000원

13만 원…

-100,000

130,000

-80,000

복권이
당첨될지 안 될지
모르니까

일단은
지출을 최대한
줄여야 해.

커피도 끊고,
배달음식도 끊고,

줄일 수 있는 건
다 줄여서-

어떻게든
월급날까지
버티는 거야…!!

주로
이 프로그램을
사용하는데-

근데 이 정도로
이해가 안 되는 게
정상인가?

이렇게.

힐끔—

타닥—

타닥—

타닥—

타닥—

… 현재 씨는 하루 종일
저렇게 죽상이네…

와아아~

회사란
정말 마법 같다~!!

입사하자마자
퇴사하고 싶어~!

으헝헝헝헝헝-

꼬르륵-

으아앙~

지금 너무너무 치킨 먹고 싶은데 돈이 없어엉~~

비틀-

나 삼각김밥 좋아하는데,

강제로 먹으려니까 서글프다…

꾸역-

꾸역-

어쩔 수 없이 당분간-

뒤적-

뒤적-

식사는 이걸로 때워야 해.

우에엥~
치킨 먹고
싶어~~!!

…

현실에선
삼각김밥으로 때우고,

진짜 먹고 싶은 건
여기서 먹으면 되지!!

뭐든지 실컷
먹을 수 있는데,

돈은 한 푼도
안 들고,

심지어 살도 안 찌는
일석삼조!!

… 근데 혼자 먹으니까 좀 쓸쓸하다…

끄적~ 끄적~

우리 니나는 먹는 모습도 귀여워~

헤헤~

우리 자기 오늘은 뭐 했어?

나 이제 취직해서 회사 다녀왔는데~ 너무 힘들었어~

히잉~

뭐?! 왜?! 누가 내 아기토끼를 괴롭혀!!

가만 안 둬!!! 그딴 회사 때려치워!! 내가 책임질게!!

그래!!
바로 그거야!!
성빈 씨, 땡큐!!

응? 뭐가?

빡! 빡! 빡!

말떡

나중에 봐,
자기야!

니나 씨.

어떤 부분이
어려워요?

내가
차근차근
알려줄게요.

나한테
말해봐요.

아… 그게…
그러니까… 그…

사실은 하나도
모르겠어요.

누구나 처음은
어려워요.

그래도
내가 있잖아요.
걱정 말아요.

이거 하고 나서… 다음엔 이거 맞아요?

네, 그거 입력하면 돼요.

그다음은~~

여기로 옮겨서 이렇게…

아, 맞다. 아~ 이거 왜 자꾸 까먹지?

달칵-

달칵-

아까도 물어본 건데…

자신감을 가져요, 니나 씨.

익숙해질 때까지 시간이 필요한 것 뿐이에요.

니니 씨가 충분히 이해될 때까지-

나한테 몇 번이고 다시 물어봐도 되니까.

니나 씨를 위해서라면 내 평생을 다 써도 괜찮아요.

... 아... 저기...

이제 가볼게요.

조금이라도 자려면...

그래요.

피곤할 텐데 푹 쉬어요.

저기, 내일 또 올게요.

내일 봐요, 니나 씨.

하아~

서랍 속 현재 씨는 이렇게 다정한데...

안 그래요
팀장님?

월급 받는데
당연히 잘해야죠.

무능력한 사람이
회사에 왜
필요합니까.

일을 못하는 건
남들한테 피해 주는 거니
말할 것도 없고.

그런 인간들은
하루라도 빨리
회사 나가야죠.

아예
지원조차 안 해주면
더 고맙고.

헐…

우리 니나 씨는
잘하잖아요.

지금
가르치는 것도
못하면 안 되죠.

제일
쉬운 것만
시킨 건데.

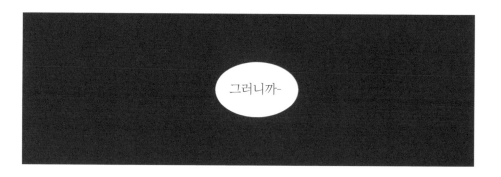

그러니까-

니나 씨.
아까 팀장님 때문에
놀랐지?

네? 아뇨,
괜찮아요.

에이~
아니긴.

죽어라,
진현재!

팀장님 때문에
다른 직원들도 죄다
그만뒀는데, 뭐.

나도 진짜
돈 없어서
참는 거야~

으휴~ 내가
카드빚만
없었어도.

에휴휴~

저도
카드값이…

133

네?

어? 아냐, 아냐!
아무것도…

그보다,
니나 씨-

이걸로 택시 타고
들어가.

네?!

아, 아니에요!!
아직 버스도 있고
집도 가까워서-

택시비도
얼마 안 나와요!

에이~!
선배가 주면
얼른 받아야지!

택시 타고
남는 걸론 맛있는 거
사 먹구.

덥석!!

꾸욱-

어어!!
아뇨 아뇨!

135

니나 씨
잘 먹고 다녀.

네?

그러다
몸 상해.

보니까 맨날
편의점에서 삼각김밥
사 가더라.

그리고 너무
부담 갖지 마.

나도 초년생 때
똑같이 받았던 거

지금
니나 씨한테
갚는 거니까.

니나 씨도
나중에 후배한테
똑같이 해줘.

감사합니다,
김 주임님…

꼭 그렇게 할게요…

김 주임님 너무 좋아.

김나경 주임님

박태규 대리님

호호호~

예이~

일도 친절하게 잘 가르쳐주시고, 다정해.

박 대리님도 재밌고 성격 좋은데…

진현재가 문제야!

거만하게 굴지 마세요, 니나 씨.

그놈만 아니면 회사 다닐 만할 텐데…

하지만, 오늘-

1000회 차
Lootoo 복권 1등에
당첨되게 해주세요!

서랍에
이 소원을 적고
들어가서,

내가 어떤 번호로
복권에 당첨됐는지

확실히
외워 왔어!

2, 3, 11,
17, 23, 45…

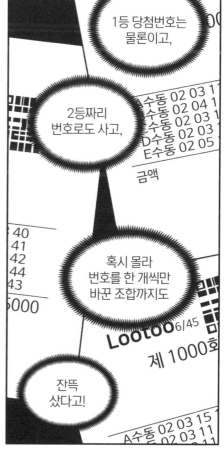

1등 당첨번호는
물론이고,

2등짜리
번호로도 사고,

혹시 몰라
번호를 한 개씩만
바꾼 조합까지도

잔뜩
샀다고!

만약 서랍이 맞다면,

1등만이 아니라
2등, 3등도 잔뜩
당첨될 거야!!

이제 곧…

곧 번호가
뜬다…

999회

QR코드

떴다!!!

어…?!!

어어…?!!!!!!!

3등짜리도
4개나 돼…!!

Lootoo 6/45
제 1000 회

대충 계산해보면 세금 다 떼고도–

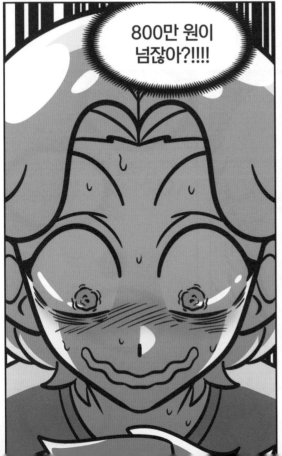

800만 원이
넘잖아?!!!!

1등은 아니지만,

매주 이렇게
벌 수 있다면…

아~~~
배불러~~!!!

그동안
진짜로 먹고 싶었던 거
원 없이 다 먹었네!!

앞으론
하고 싶은 일만
하면서 살 거야!

너무너무
행복하다~!!

모든 걱정들이
다 사라졌어~!

월요일 되면
당장 은행부터 가서
돈 받아 와야지.

점심시간에
다녀오면
되겠다.

x

아니지.
회사도 굳이
나갈 필요 있나?

그냥
때려치우면
되지.

다들 안녕~
그동안 고마웠어요~
현재 씨는 빼고~

흥흥~

니나 씨.

…

서랍 속
현재 씨는 진짜
좋은 사람인데…

오늘은 뭐가
궁금한가요?

아, 그게…
실은…

회사는
때려치울 거예요~

오늘은
일을 배우러 온 게
아니라…

그냥…
주말이잖아요…
그래서…

니나 씨.

그럼 우리
데이트할까요?

...

아, 저기…
커피숍이라도
갈까요?

아니면 밥집?
영화관?

전 그냥
걸어도 좋아요.

장소가
중요한 게
아니라

함께 있는 사람이
중요한 거니까.

니나 씨와 함께라면
어떤 곳이 싫겠어요.

저… 저도
그냥 걷는 거
좋아요.

서랍 속 현재 씨는
참 다정해…

물론 내가 카드에
내 남친이 되라고 적긴 했지만,

성빈이처럼
날 무조건 사랑하라고
적은 건 아닌데…

원래 이렇게
다정한 성격인가 봐…

근데 왜 현실에선 그런 성격이 됐을까…?

팀장님…

참 좋은
사람이었는데…

그렇구나…!!

내가 현재 씨를
바꿔놨구나…!!!

지금의 이
멋진 현재 씨는-

전부 내가
만든 거였어!!!

그러니까,
이 서랍을 잘만
이용하면-

내가 이 사람을
바꿀 수 있어!!

니나 씨,

회사가
우습습니까?

입사 일주일 만에 지각한 것도 모자라서

점심시간에 나가서 이제 들어와요?

죄송합니다…

이럴 거면 회사는 뭐 하러 나옵니까?

어휴~ 잔소리.

겨우 월급 180만 원 주면서…

난 매주 몇백을 벌 수 있는 사람이라고.

이딴 회사는 언제든 때려치워도 돼.

특히 너 땜에 더 퇴사하고 싶다.

하지만 괜찮아.

난 이 사람을 바꿀 수 있으니까.

네, 앞으로 주의하겠습니다.

꾸벅—

성빈이는 물론 멋지지만, 현실에선 만날 수도 없고,

실제 성격은 엄청 더럽잖아?

그렇지만
현재 씨는…

나중엔 서랍 속
현재 씨로 변할 거야!

전부 니나 씨
덕분이에요.

나로 인해서…!!

지금은 비록
삐뚤어져있어도—

그러니까 내가
지금은 참아주지.

타닥—

타닥—

뭐, 어차피 난 지금
뭘 해도 화가 안 나지롱~

왜냐하면…

힐끔—

NV은행

--**-****

잔액
8,776,048

으아아~
끝내준다!!!

앞으로 이 돈이
매주 들어올 거란 말이지?!!!

복권은 번호
한 줄에 1,000원.

Lootoo 6/45

제 1000 회

그중에 번호 4개가
맞으면, 4등이야.

A 수동 02 03 11 17 23 28
B 수동 02 03 11 17 23 28
C 수동 02 03 11 17 23 27
D 수동 02 03 11 17 23 28
E 수동 02 03 11 17 23 28

5000

금액

4등이면 무조건
5만 원이니까…

1,000원을
최소 5만 원으로
만들 수 있어!
이번엔 더 많이 사야지…!
아, 빨리
이번 주 토요일이
왔으면 좋겠다~
시간아 빨리 지나가라~

얼른 집에 가서
서랍에 들어가야지~

또각―

또각― 오늘은 현재 씨가
나한테 어떻게 반했는지를

물어…

…!!

달각―
달각―

언니…
괜찮아…

흐흐ㅡ

이거 다
새거야.

누가 안 먹고
이렇게 버렸네…

괜찮아…
안 죽어…

저… 저건… 내가
오늘 아침에 버린…!

대체… 왜…
왜 이 사람은…

3

그러니 오직 서랍만이

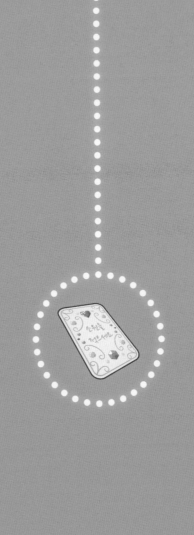

나처럼 매주 복권만 사들였어도

이렇게 길에 나앉지는 않았을 텐데…

괜찮아, 언니…

먹고 죽지만 않으면 되지…

저… 저기…!! 그… 그런 거 드시면…

대체 왜…!!!

나 지금 너무 배고파가지구…

그… 그치만…!!

그리고 어차피-

나 그 서랍 못 찾으면,

그냥 죽을 거라 상관없어.

네?!!

왜 놀라, 언니.

나 봐봐.

돈도 없고, 가족도 없고, 집도 없고…

몸도 아프고, 정신도 아프고… 남친도 죽고…

뭐 하나 가진 거 없이, 이 꼴이잖아…

나는 이름만 공주야,

여공주.

리릭ㅡ

근데 씨X…

이름만 공주지…

뭐 돈을 물려주든가,

외모를 물려주든가,

무슨 재능을 좀 주든가…

개뿔도 물려준 거 없이,

이 지옥에는
왜 태어나게 해가지고…

빠드득-

…

그러니까…

내가 죽는 게
무섭겠어?

쏵-

나 서랍
못 찾으면,

아무 옥상이나 가서
뛰어내릴 거야.

아…

이 사람…!!

현실은
아무래도 상관 없는
사람이구나…!!

이 사람에게는
현실이 아무 가치도
없는 거야…!!

우지직─

우지직─

우지직─

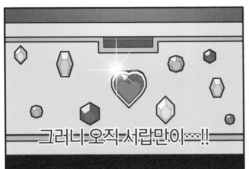

그러나 오직 서랍만이···!!

···

하지만···

나도 이제
서랍은 절대
못 돌려줘!!!

저기··· 이거···
얼마 안 되지만···

이걸로
식사라도
사 드세요.

세상에~ 언니!
고마워~

언니
너무 천사다~
진짜 고마워~

내가
서랍 찾으면,
꼭 보답할게.

아,
아니에요!

그럼 전
이만…

언니.

혹시 서랍 찾거나
가지고 간 사람 있으면
나한테 꼭 말해줘.

혹시 주우면,
절대 열어보지 말구…

아…
네…

언니, 내 말
그냥 흘려듣지 마.
진짜야.

서랍 절대로
열어보면 안 돼.

네, 네.

탁탁탁탁-

173

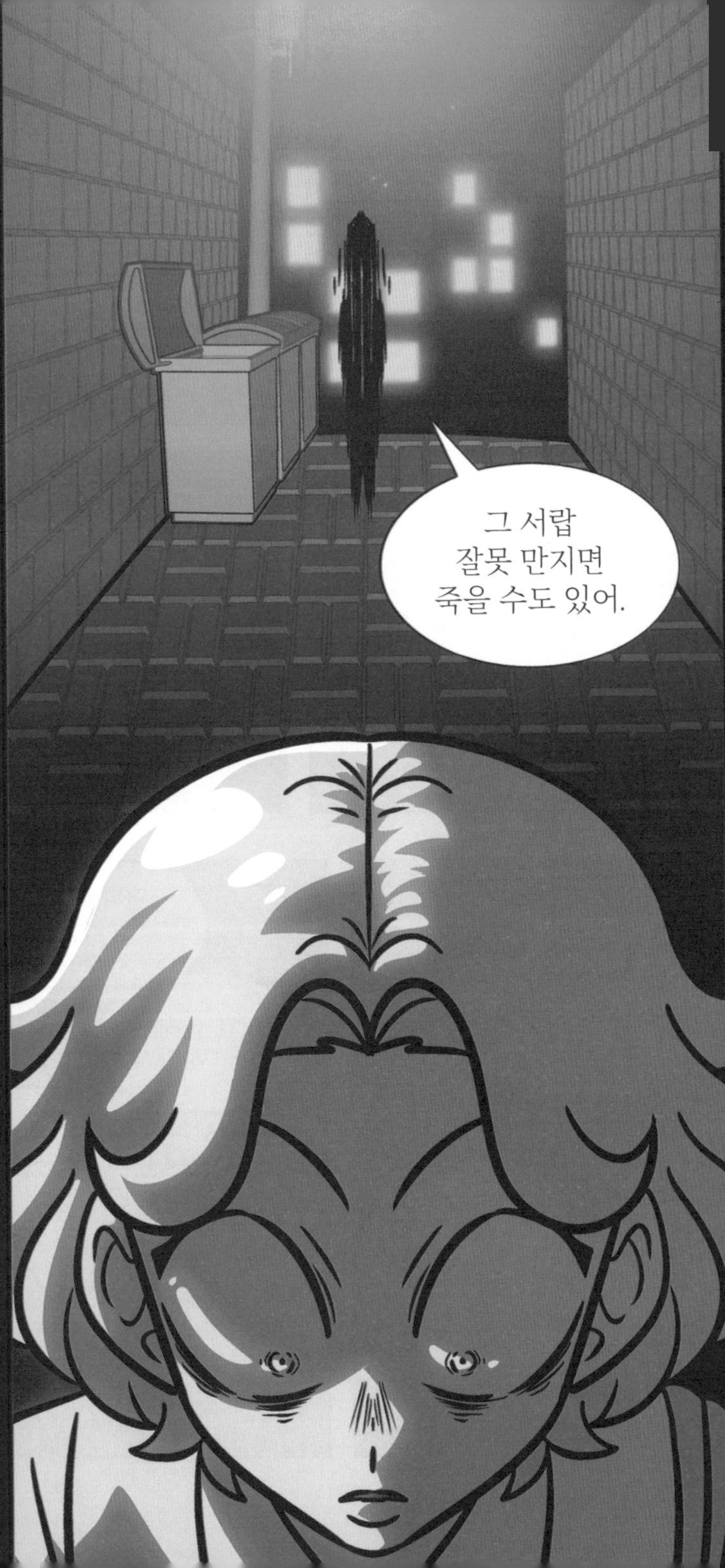
그 서랍
잘못 만지면
죽을 수도 있어.

아냐. 농담.
ㅎㅎㅎ.

그냥... 그냥
농담이야...

... 네?

신경 쓰지 마.

아...

왜 놀라,
언니.

언니가
서랍 가져갔어?

네?!!!

아뇨 아뇨!!

ㅎㅎㅎㅎ.
농담이라니까…

근데-

차라리 죽는 게
나을 수도 있지…

함부로
만지지 마.

절대로…

그래…

그런 거였어…

현실이 너무 괴로우니까 서랍에 중독됐던 거야…

현실에선 아무것도 할 수 없지만

서랍에선 뭐든지 할 수 있으니까.

그래서 저 서랍에 빠져 살다가

그렇게…

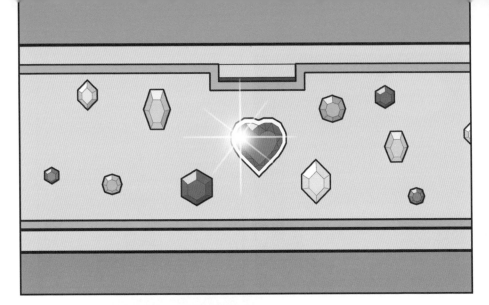

나도 조심해야겠어…

난 절대 그러지 말아야지…!

서랍 속에선 아무리 많이 먹어도,

꺼억~

서랍 밖으로 나오면 들어가기 전이랑 똑같아.

꼬르룩-

서랍 속에선
현재 씨랑 사귀고 있어도,

서랍 밖의 현재 씨는
날 알지도 못했지.

모든 소원은
서랍 속에서만 이루어질 뿐,

꺄아~

서랍 밖으로는
아무것도 가져올 수가
없다고…!

그러니
서랍 속에선 뭘 즐기든
아무 의미가 없어.

179

괜히 시간만
두 배로 뺏기는
거야.

하지만…

면접 내용도
다 맞혔고…

우리 회사랑
현재 씨도 실제로
있긴 있었고…

복권은
번호 4개밖에
못 맞혔지만,

어떻게 보면
4개나 맞힌 거고…

Lootoo 6/45
제 1000 회

A 수동 02 03 11 17 23 28 45
B 수동 02 03 11 17 23 28 44
C 수동 02 03 11 17 23 28 44
D 수동 02 03 11 17 23 28 43

그리고
무엇보다…

그 서랍 잘못 만지면
죽을 수도 있어.

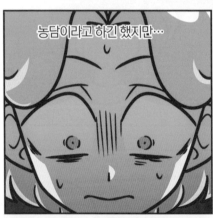

농담이라고 하긴 했지만…

근데 진짜로
죽는다 치면,

어떻게,
왜 죽는 거지?

지구를 손에
넣게 해줘.

너무 큰
소원을 빌면
죽는 건가?

소원을
막 100번쯤 빌면
죽는 건가?

100번째
소원!!

질 나쁜
소원을 빌면
죽는 건가?

강도가
되고 싶어!!

대체 왜
죽는 거지?

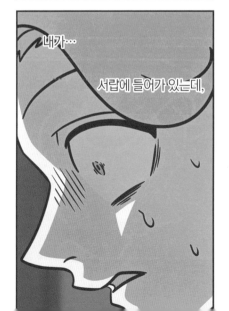

내가…

서랍에 들어가 있는데,

누가 서랍을 열면
어떻게 되는 거지…?

다른 사람이
내 집에 올 일이 없으니까,

그런 생각을 안 해봤어…

그동안 내가
제일 조심했던 건,

현실로 돌아올
카드 한 장을 꼭
남겨두는 거였지.

소원 카드를 다 써버려서
서랍 속에 갇히면 안 되니까…!

으아앙~

하지만 그건 서랍 속의
내 상황만 걱정했던 것뿐…

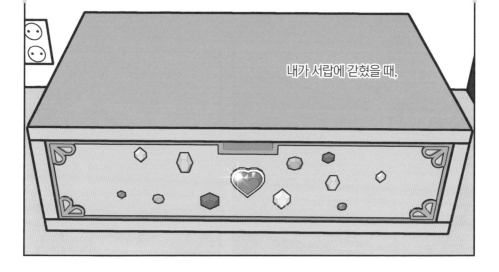

내가 서랍에 갇혔을 때,

서랍 밖의 현실이
어떻게 될지를
생각해본 적이 없어…!!

서랍 밖으로
나오지 못하고
시간이 흘러서,

습니다!
사람을 찾습니다.

실종 신고가 들어간다거나…

이름 : 이니나
나이 : 26살
특징 : 밝은 머리색

체중 55

월세를 못 내서
짐을 전부 빼버린다거나…

누가 서랍을 버리거나
부순다면…?!

쾅!

그래도 설마
서랍인데 다짜고짜
부수지는 않겠지?

한번 열어는
볼 거 아냐.

또르륵

그럼…

대체 어떻게
되는 거야…?

내 소원이
뭐냐고?

그런 거
없어~

아니, 그런 소리
하지 말고.
그냥 아무 소원이나
하나 말해봐.

음~
그럼-

너랑 영원히
사랑하는 거~!

니나 네 소원이
바로 내 소원이야~

어휴! 그래,
알았다.

그럼
그 소원을-

이 카드에 적어서 저 서랍에 넣어봐.

그래, 알았어.

와~!! 이게 뭐야?!!

이 서랍 신기하다.

저건 내가 카드로 만들어낸 서랍인데…

일단 지금까진 진짜 서랍이랑 똑같아…

이 빛 만져봐도-

띠잉-

으악!!!!

꺄악!!!

휘릭-

슈와악-

...

탁-!!

진짜랑 똑같아…!!

저렇게 자동으로
서랍이 닫히는구나…!

그럼… 이제…
서랍을 열어볼까…?

슥-

189

뭐 어때!

드르륵—

… 어?

… 어?

...

카드가
다시 생겼어…?

성빈이는
사라지고…

서랍 속엔
다시 카드 3장이…!!

그럼 지금 새로 생긴 이 카드는…

소원이
끝난 거야?!!!!

배우 이성빈이
날 미친 듯이 사랑
해주세요!

성빈이가
사라져서…?!!

나야~

그럼 성빈이는 어떻게 된 거지…?!!!!

설마 죽은 건가?!!

아냐… 설마… 설마…
그럴 리가…

삑삑삑—

삑삑삑—

말도 안 돼…!!!

다시
성빈이가 나타나게
해주세요!!

펑!!

어…? 뭐야,
여긴…?

내가 대체 왜
갑자기 여기에…!!

두리번—

두리번—

성빈아!!!

네?

아, 나 진짜
깜짝 놀랐어~~!!!

너 죽은 줄
알고~!

진짜 미안.
진짜 진짜 미안해.
다신 안 그럴게.

나 진짜
심장 떨어지는 줄
알았네…

성빈아,
미안해.

…

야.

멈칫!!

너 뭐야?

뭔데 아는 척이야?

어...

아, 맞다!

내가 너무 급해서-

카드에 그냥 나타나라고만 적었네.

그래도 살아있으니까 괜찮아~

이게 지금 무슨 헛소릴 하는 거야.

199

내가
성빈이를…!!

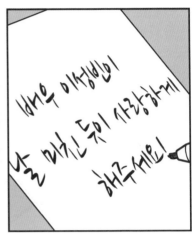

내가 아까
미쳤었나 봐~!!

니나야, 내가
잘못했어!

제발 나
버리지 마.

나, 너 없으면
죽어.

…

성빈아…

정말 기억 안 나…?

밥 먹고 차 마셨던 거.

영화 보고 놀이공원 갔던 거…

나랑 데이트 했던 거…

내 망상이 아니라 우리가 진짜 데이트 했있잖아!

이 서랍 속에서…!!

아마 내가
미친 건가 봐.

… 응. 맞아.

네 말이
맞아.

전부 진짜로
있었던 일이야.

미안해, 니나야.
미안해.

네 망상이
아냐.

내 기억력이
나빠서…

…

너…

몸이 안 좋아 보여. 괜찮아?

네? 네! 네… 괜찮아요.

그래. 그럼… … …

내가 알던 성빈이는 서랍 속에서 사라졌어…!!

그렇다면…

내가 서랍 속에 들어갔을 때에도-

누군가 밖에서 서랍을 열면 사라지는 거야…?!!!

그럼… 내가 성빈이를…

아냐, 그렇게 생각할 것 없어!

그게 진짜 이성빈도 아니고…

그냥 서랍 속 일일 뿐이잖아?

이 사실을
누가 아는 것도 아니고…

어차피 전부
가짜라고…!!

하지만…

내가 경험한
기억만큼은-

저기,
니나 씨.

깜짝!!

네?!!

아까 말한 서류
아직 안 됐어?

어? 네?
네?!

무슨
서류요?

어머, 니나 씨.
내가 아까
퇴근 전까지-

그 서류-

아직도
안 끝났습니까?!!!

가… 저…

오늘 몸이
안 좋은가 보다.

아뇨!! 아뇨!!
제가 빨리 할게요!
죄송합니다!!

니나 씨,
내가 얼른
마무리할게.

그냥 먼저
들어가.

니나 씨.
퇴근하세요.

네?
아뇨, 아뇨-
제가 빨리-

힉!!!

지금
니나 씨 좋으라고
퇴근하라는 건 줄
압니까?

!!

니나 씨가
쓸모없으니까
가라고 하는 겁니다.

가방 싸서
당장 나가세요.

아니면 아예
짐을 싸든가.

흐어어엉-

니나 씨, 제가 잘못했습니다.

정말 미안해요.

어떻게 해야 용서받을 수 있을까요.

진현재 너 이씨…

울쩍-

니나 씨, 제발 용서해주세요.

그렁-

그렁-

너… 어?! 말을 그따구로… 어? 너이이이!!!

휘청-

니나 씨! 조심하세요.

뻘떡!!

키스해주면
용서해줄게.

ㅋㅎㅎ~

저기…
니나 씨…!

지금
너무 취한 것
같은데…

이만 집에
돌아가는 게…

왜?
용서받기
싫어?

아뇨!!
그건 아니지만…
그치만…

뭐 어때.

어차피 여긴
우리 말고
아무도 없어.

정말…

키스하면 용서해주실 겁니까?

니나 씨…
이제 용서해
주실 겁니까…?

아…

너무 좋다…

살면서 이런 기분은
처음이야…

환상적이라는 게
이런 느낌이구나…

온몸이 다
녹아내리는 기분…

정말 말 그대로
환상적이야…

현재 씨는
키스도 잘하네…

근데… 그것뿐만이
아니라…

그 이상의… 뭔가가…

기분을 이렇게나…

니나 씨…
이젠 제발
용서해주세요.

제가 정말
잘못했습니다.

제발…

안~ 돼!

빙글~

방금 키스는
내가 하고 싶다고
말한 거잖아.

그러니까 이번엔
네가 말해줘.

아…

알겠습니다.
니나 씨…

니나 씨-

니나 씨한테
키스하고 싶어요.

아…

완전히 아무도 없는
공간에서,

그래… 알겠어…

내가 원하는 걸
뭐든 할 수 있다는 게,

도덕 같은 것에 얽매일 필요 없다는 게,

내가 뭘 하든
비난할 사람이 없다는 게…

여기서 일어난 일은
누구도 모른다는 게,

아… 이젠 집에…

돌아가야 하는데…

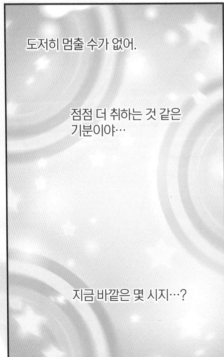

도저히 멈출 수가 없어.

점점 더 취하는 것 같은
기분이야…

지금 바깥은 몇 시지…?

집에…

우리 집에
가야 해…

중얼-

하아-

하아-

하아-

···어?

내가 잘못 썼나···?

하루 종일
출근 안 하고 술
마신 겁니까?!!

왜 전화를
안 받습니까?!!

전화기 꺼진 건
알고 있었어요?!!

휴대폰이
너무 오래
꺼져있어서

혹시 무슨 일이
생긴 걸까

현재 씨···

4
원하는 대로
원하는 만큼

설마…

설마 나…

회사를 아예
안 나갔어?!!!

취힌 채로
서랍 속에 들어가서

현재 씨랑
키스한 것까진
기억나는데…

그다음엔 뭘 했지…?!!

서랍에선
언제 나왔지?!

이…!

제발—

이거 서랍 속
기억이지…?!!

제발—

제발—

제발—

니나 씨,
미쳤습니까?!!!

정신
나갔어요?!!

덜덜덜~

심장이 조여온…

어?

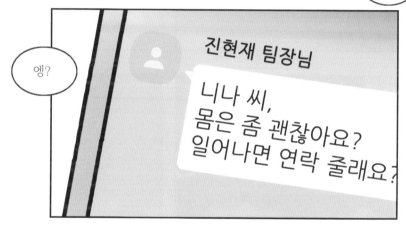

엥?

진현재 팀장님

니나 씨,
몸은 좀 괜찮아요?
일어나면 연락 줄래요?

뭐지?
이 다정한
문자는…?

생각보다
상황이 나쁘지
않는데…?

흐오~

이 문자 위로는
엄청난 욕 문자가
쌓여있어…!!

으악,
아니다!!

그럼
그렇지…

정말 정말…
죄송…

니나 씨.

몸은
괜찮아요?

네…

저… 정말…
죄송합니다…

제가 다른
직원들한테는-

네?

니나 씨가
크게 아팠었다고
전해놨으니까

내일 걱정 말고
출근하세요.

오잉…???

아…
감사합니다…

그리고-

내일 끝나고
저녁이나 같이 먹죠?

네. 네…

그래요.

문 앞에
숙취해소제
사다 놓었어요.

네?!

그럼
내일 봐요.

니나 씨,
몸은 괜찮아?

어제 엄청
아팠다며.

아… 네에…
정말 죄송합니다…

아파서
그런 건데 뭐가
미안해~

나경 씨가 니나 씨
아픈 걸 거라고
그렇게 말했는데~

괜찮아,
괜찮아~

아뇨…
그래도…

흑흑~ 김 주임님은 천사야~

팀장님은
술 먹고 뻗었으면
뻗었지,

절대 아픈 거
아니라고 박박
우기더니…

푸흡!

하하…

아무튼
지금은 괜찮다니
다행이다.

나중엔-

전화기가 너무
오래 꺼져있어서
겁먹었어.

혹시
무슨 사고라도
났을까 봐…

경찰에
신고할까
고민했다니까.

어…?!

그럼 내 휴대폰은…

현재 씨가
충전해서 켜놓고
간 건가…?

그러고 보니 술병이나
이런 것도 다 치워져있었고…

숙취해소제도
사다 놨었지…?

그리고 오늘은
같이 저녁도…

업무 준비는
안 하고-

왜 여기
모여있습니까?

쓸데없는 잡담
하지 말고 자리로
가세요.

네에~

알겠습니다~

후다닥―

아,
죄송합니다…!!

성큼-

괜찮습니다 니나 씨는.

!!

… 뭐?!!!!!!!!

오늘은 이것만 정리해서 주세요.

점심 천천히 먹고 들어오세요.

커피 단 거 좋아하죠?

탁!

남은 건 제가 할 테니까
오늘은 일찍
퇴근 준비하세요.

뭐… 뭐야,
이거!!!

이런 노골적인
편애를?!!!

이런 노골적인
편애를?!!!

팀장님 갑자기
왜 저러지?

저럴 사람이
아닌데…?

그…
그러게요…

니나 씨…

혹시 팀장님이 니나 씨한테…

어제 욕 문자 엄청 남겼어요…?

어?! 네!! 네! 맞아요. 엄청…!

역시 그럴 줄 알았어.

잔뜩 욕해놓고 머쓱하니까 저러는구만~

응?

까똑!!

서울시 청담동 000-00번지

오늘 퇴근하고 여기에서 만나죠.

우와~

엄청 고급 레스토랑!!

두리번—

두리번—

나 같은 일반인이
와도 되는 건가?

이런 곳에서
단둘이 식사를…!!!

니나 씨.

네?!!

그냥
단도직입적으로
말하겠습니다.

251

네?!!
네?!!

네?!!
네?!!!!

어제
저한테 한 얘기
기억 안 납니까?

어…
어떤 얘기요?
너무 취해서
기억이 잘 안…

절 좋아한다고
말했습니다.

알아.
안다고…!!

아… 정말
와… 와이

왜요?
진심이 아니었어요?
그냥 주사입니까?

그러니까…
그게…

쭝얼―

상관없어요.

전
진심이니까.

이제부터라도 니나 씨 마음에 들게끔 노력해보죠.

주…

주사 아니에요…

그래요? 다행이네요.

니나 씨는 지가 왜 좋습니까?

네?!!!

그게…
그러니까…그…

서랍 속에서는-

다정하고…

제가요?

니나 씨한테
그런 적 없는데요.

나도 알아.
짜샤.

그게…
그러니까…

겉으로는
안 그래 보이지만

사실 속마음은
다정한 것 같은
그런 느낌이…

거짓말은
안 할게요.

전혀
아닙니다.

대체 왜
그렇게 느꼈는지는
모르겠지만…

그… 그게…
왜냐면요…

아! 맞다!
주임님!

김 주임님이
전에
말해주셨는데-

팀장님
예전에 엄청
좋은 분이있다고…

아…

방금 그 얘긴
하지 말걸…

괜히 김 주임님만
곤란하게 만들었네…!

아, 그게
아니라-

니나 씨.

예전엔 제가
어떤 사람이었든ㅈ
간에

아무튼 지금은
좋은 사람이라고 하기
어렵습니다.

방금
그 얘긴-

김 주임이 예전에
절 좋아했었기 때문에
한 말이에요.

네에에?!!!

하지만

니나 씨가
원한다면 얼마든지
바꾸겠습니다.

니나 씨가
바라는 건 뭐든
들어드리죠.

원하는 대로,
원하는 만큼.

뭐든지.

대신,

그게 왜 궁금해요?

니나 씨 귀엽고 사랑스럽잖아요?

성격 좋고, 매력적이고.

제가 니나 씨 좋아하는 게 신기할 일인가요?

듣기엔 좋은데,

솔직히 하나도 안 믿겨요.

다 거짓말이죠?

제가 다정해서 좋다면서요?

이런 말 해주길 바라는 거 아니었어요?

완전 바보 취급 당하는 기분이에요.

그래서 싫어요?

아뇨… 싫지는 않아요…

니나 씨는 취미가 뭐예요?

그냥 자거나
핸드폰하거나…

요즘은 서랍에만
들어가지만…

친구들은
안 만나요?

네?
취미요?

그냥…
딱히 그런 거 없고
집에서 쉬어요…

아~
저만 서울에
올라와서요.

다들
취업 준비하느라
바쁘기도 하고…

서울 와서
새로 사귄 사람은
없어요?

뭐~ 전에 아르바이트할 때 친해진 사람들 있긴 한데…

오래 일한 건 아니라…

형제들은요?

아, 저는 외동이에요.

팀장님처럼.

아…!!

이건 서랍에서 들었던 얘긴데…!

그... 팀장님 외동 맞으시죠?

저도 외동이고 그래서...

안절-

부절-

그냥 뭔가 느낌이...!!

그럼 서울에 혼자 있는 건가요?

어? 아까부터 질문들이 좀...

시간 많겠네요.

자주 만나죠, 우리.

저희
사귀는 건가요…?

저는 니나 씨랑
진지하게 만나보고
싶은데요.

니나 씨 생각은
어때요?

아~ 어떻게 하지…?

좋은 면도 있지만…

뭔가… 엄청 찝찝한데…

일단 천천히 알아가보자고 할까…?

어?

어어?

왜 안 열려?!

뭐야, 고장인가?!

괜찮아요?!

어…
어…!

네… 네…
괜찮아요…

문이 고장
났었나 봐요.

아… 네…

아~
다행이다.

273

저벅-

저벅-

···어?

서랍 속 성빈이랑은
완전히 다른 사람이잖아···?

여긴 다른 사람들이 있어서
그런가···?

보는 눈이 있으니까···?

어쩜 진짜 성격을
저렇게 감쪽같이
숨길 수가 있지?

하긴 뭐… 배우니까…

연예인이니까
이미지 관리도
해야 하고…

근데…

진짜 성격을
알고서 보니까…

완전 소름 끼친다…

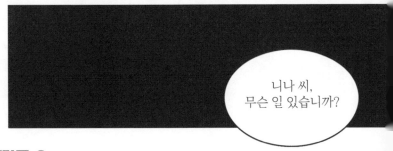

니나 씨,
무슨 일 있습니까?

네?!
아뇨… 아뇨…!!!

계산 다 했으니
이만 나갈까요?

네? 네…

표정이 안 좋은데,
무슨 일 있어요?

아뇨. 그냥
문 손잡이가
고장 나는 바람에…

놀랐겠네요.
다친 곳은 없어요?

277

아, 네.
괜찮아요.

사실 문이
고장 난 것보다,
다른 일로
놀랐는데,

생각지도 못한
사람을 만나서-

완전-

어?

아…

아… 두 분…
여기서 약속
있으셨구나…

김 주임.
오해 없었으면
좋겠는데-

네네!
알아요!

이 얘긴
내일 따로-

아뇨, 아뇨!
저 신경 쓰지
마세요!

279

저 이만
가볼게요!!

탁탁탁ㅡ

아…

어…?

어…!

어…

주임님이
현재 씨 좋아했다고
하지 않았나?

내일 회사 가서
얼굴 어떻게 보지?!

어떻게 이런 일이!!!

아직 아무 결정도
못 했는데,

이런 일이
생기다니!!

니나 씨,
너무 걱정 말아요.

내가 내일
얘기해볼 테니까.

김 주임이
소문내고 다니는
성격도 아니고.

이만 가죠.

집에
바래다줄게요.

제가
이대로 헤어지기
아쉬워서

데려다주고
싶은데요.

네? 아뇨. 괜찮아요.
혼자 갈 수 있어요.

그야 뭐,
어른이니까
그렇겠지만,

네에?!!

아아~ 어쩌지?
어쩔까?

아… 저기… 그…
아직은 좀…

…

그래요, 그럼.
택시 잡아줄게요.

들어가면
연락 줘요.

네,
그럴게요.

하아…
미치겠다. 진짜.

터벅-

터벅-

현재 씨 일
만으로도
복잡한데,

왜 하필 거기서
주임님까지
만난 거야…!

성빈이도
그렇고,

주임님도
그렇고,

어떻게 딱
거기에-

실종 포스터 보고 있는 거지…?

지금…

왜…?!

가족이고 남친이고
아는 사람 없다면서
왜?!!

서랍을 가져간 사람이 서랍 속에 갇혀서
실종 신고 됐을까봐…!!

287

네?

나 오늘 종일
굶었어…

밥 사 먹게
돈 좀 줘, 언니.

뭐야, 무슨 나한테
돈 맡겨놓은 사람처럼…

그때 기껏
생각해서 도와줬더니…

또 줬다간 앞으로
계속 달라붙을지도
몰라…!

아… 제가…
지금 현금이
없어서…

없으면 뽑아서
주면 되잖아.

통장에
돈 없어?

뭐?!!!
미친 거 아냐?!!

아뇨… 저기…
죄송합니다.

뭐가 죄송해.

돈 달라고 쓰ㅂ ㄴ아.

뭐… 뭐야!! 진짜 미쳤나?!!

이… 이러시면 경찰에 신고할 거예요!

테쩍-

테쩍-

어. 해. 해봐.

앞으로 인생 X되고 싶으면 해.

2권에 계속

럭키?

아~
집에 가구가 없으니
영 썰렁하네~

응?
웬 서랍이?

얏호~!
신난다!

공짜
서랍이다~!!

난 역시
운이 좋아~!!

럭키
럭키~!!

럭키~

럭키~

이건 좀…

니나의 마법서랍 ❶

지은이 | 랑또

초판 1쇄 인쇄일 2022년 8월 1일
초판 1쇄 발행일 2022년 8월 16일

발행인 | 한상준
편집 | 김민정, 강탁준, 손지원, 최정휴, 정수림
디자인 | 김경희
마케팅 | 이상민, 주영상
관리 | 양은진

발행처 | 비아북(ViaBook Publisher)
출판등록 | 제313-2007-218호(2007년 11월 2일)
주소 | 서울시 마포구 연남동 월드컵북로6길 97(연남동 567-40) 2층
전화 | 02-334-6123 전자우편 | crm@viabook.kr
홈페이지 | viabook.kr

ⓒ 랑또, 2022
ISBN 979-11-91019-78-0   04810